Ce livre parle d'un Yogi
génial appelé(e) :

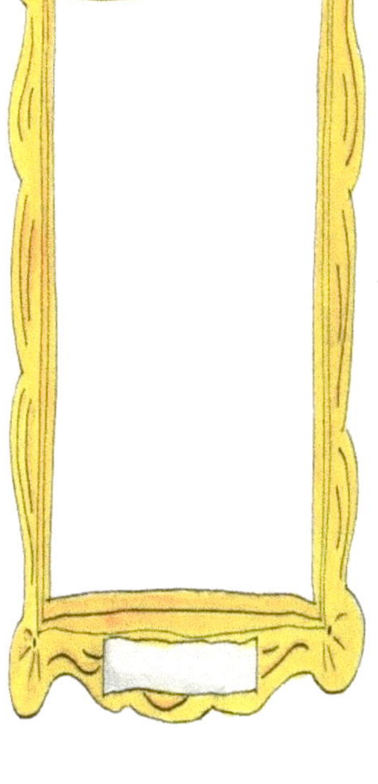

Il était une fois où tu...

une aventure de **YOGA**
où tu choisis ce qui se passe !

MARIA OLIVER

Traduit de l'Anglais par
Maria Oliver et Chrystèle Relf

DÉDICACE

Merci...

aux membres de mes cours de yoga qui continuent de m'enseigner tous les jours;

à Lucas et Seren pour vos suggestions brillantes;

à Andrew pour ta confiance tranquille et ton soutien inconditionnel;

à Lizzie Martell Illustration pour tes encouragements, ton aide, et ta magie technique et visuelle;

aux enfants, à leurs parents et aux familles d'accueil qui ont essayé ce livre en premier;

à tous ceux qui ont acheté mon premier livre
et m'ont fait croire que je pouvais en écrire un autre.

Pour la traduction en Français, je remercie Chrystèle, Mai-wah et Lydie pour leur aide, et Agathe qui m'a donné l'idée en premier.

AVANT-PROPOS

J'ai écrit ce livre parce que j'adore utiliser des livres d'histoires dans mes cours de yoga pour enfants ! Le problème, c'est que les enfants ont eux-mêmes tellement d'idées et de suggestions !

J'ai donc commencé à inventer des histoires avec les enfants. Nous commençons notre histoire dans un certain lieu avec une posture de yoga, puis chaque enfant à tour de rôle décide ce qui se passe ensuite et nous élaborons une posture de yoga pour accompagner cette partie de l'histoire. Parfois, il y a tellement de suggestions qu'il est difficile de toutes les intégrer !

J'ai pensé que ce serait merveilleux d'écrire un livre d'histoires où les enfants peuvent choisir ce qui se passe ensuite, et peut-être incorporer certaines de leurs propres idées.

J'ai senti qu'il était important de donner aux enfants un certain contrôle, parce qu'au moment où j'écris ces lignes les restrictions pendant la pandémie de la maladie Covid-19 s'assouplissent après un troisième confinement total (Royaume Uni). La majorité des enfants sont rapidement passés de très peu de temps structuré à la maison à être en classe et avoir leur journée programmée de façon stricte.

J'espère que ce livre donnera aux enfants une histoire vaguement structurée, dans laquelle ils peuvent utiliser leur imagination, bouger leur corps et en faire leur propre histoire.

M Oliver
Juillet 2021

COMMENT PROFITER DE CE LIVRE

Ce livre parle de votre enfant et il choisit ce qui se passe – même quand l'histoire se termine !

Faites autant de postures sur chaque page que votre enfant a envie de faire.

L'alignement dans le yoga pour enfants ne doit pas être parfait. Peu importe si leur version d'une pose ne ressemble pas tout à fait à l'image.

Votre enfant devra toujours se sentir à l'aise. Pour certaines postures, j'ai suggéré plusieurs versions, afin que votre enfant puisse choisir ce qui lui convient le mieux.

Lorsque vous faites une pose asymétrique, suggérez à votre enfant de la répéter sur l'autre côté.

Votre enfant pourra proposer ses propres postures de yoga ou ses idées sur ce qui se passera ensuite.

Votre enfant peut rendre l'histoire aussi longue ou aussi courte qu'il le souhaite. Il peut répéter des pages ou changer la fin. Cela pourrait durer éternellement... !

Surveillez votre enfant pour voir s'il est toujours intéressé ou s'il se fatigue.

AVERTISSEMENT :

Ce livre est conçu pour inspirer votre enfant à **BOUGER** !

Le mettre d'abord au lit peut être **FUTILE** !

Il était une fois où tu
escaladais une montagne.
Alors que tu atteignais le sommet,
tu trouvais que tu devenais
de plus en plus lent,
et de plus en plus fatigué…

Une fois que tu atteignis le sommet
de la montagne, tu te mis debout
en posture de la montagne,
avec tes deux pieds lourds sur le sol,
tes bras relâchés le long de ton corps.
Tu te sentais stable et paisible.

Tu vis quelque chose qui volait vers toi.
Tout en t'équilibrant sur une jambe,
tu ouvrais tes bras
pour voir si tu pouvais les battre
doucement comme des ailes.

Qu'est-ce
qui
volait
vers
toi ?

Était-ce un
Cheval Volant ?
Va à la page 14.

Était-ce un
Aigle Royal ?
Va à la page 10.

Était-ce un
Dragon ?
Va à la page 12.

Un Aigle Royal volait vers toi !

Peux-tu t'équilibrer en posture de l'aigle ?

L'Aigle portait un bel œuf d'or. Recroqueville-toi en posture de l'enfant comme un œuf.

L'Aigle atterrit et te montra l'œuf.
« J'ai besoin de ton aide, » dit l'Aigle.
« Je dois trouver un endroit sûr pour que
mon œuf puisse éclore.
Veux-tu être mon ami et t'envoler avec moi ? »

« Bien sûr, » répondis-tu,
et tu étendis tes bras pour t'envoler
avec ton nouvel ami.

Vers où avez-vous volé ?
Était-ce en forêt ?
Va à la page 16.
Ou au Bateau Pirate ?
Va à la page 20.
Ou dans un Palace Royal ?
Va à la page 22.

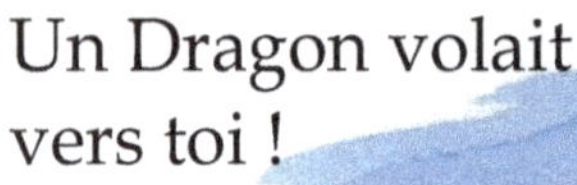

Un Dragon volait
vers toi !

Imagine que tu souffles du feu dans la posture du dragon.

Le Dragon atterrit et cria
« Un ennemi ! Bats-toi avec moi
si tu es assez courageux ! »
Il se leva et souffla du feu.

Te sentant courageux,
tu fis un pas
dans la posture du Guerrier 1,
tout en criant
« Vous ne me faîtes pas peur ! »

Le Dragon fut étonné.
« Tu es plus courageux que je ne l'imaginais, »
dit-il. « Peut-être que tu pourrais m'aider
à trouver des trésors ?
Veux-tu être mon ami et t'envoler avec moi ?»

« Bien-sûr, » répondis-tu.
Le Dragon abaissa sa tête pour que
tu puisses grimper sur son dos.
Il étira ses ailes et il s'envola.

Vers où avez-vous volé ?

Dans un Palace Royal ? Va à la page 22.
Ou au Bateau Pirate ? Va à la page 20.
Ou en Antarctique ? Va à la page 24.

Un Cheval Volant volait vers toi !

Étends tes bras comme des ailes longues et gracieuses
dans la posture du cheval.

Peux-tu t'accroupir
et plier tes bras
comme si tu
étais un
Poulain Volant ?

Le Cheval atterrit à côté de toi.
« Mon Poulain a pris la fuite ! » dit-il.
« Le vilain vient
d'apprendre à voler,
et il s'échappe
à chaque fois que
je m'approche.
J'ai besoin de
quelqu'un aux
bras forts qui
puisse m'aider.
Veux-tu être
mon ami et
t'envoler avec
moi ? »

« Bien sûr, » répondis-tu.
Le Cheval Volant resta immobile
pour que tu puisses grimper
sur son dos. Il déploya ses ailes
et il s'envola.

Vers où avez-vous volé ?
À la plage ? Va à page 18.
Ou en Forêt ? Va à page 16.
Ou en Antarctique ? Va à la page 24.

Ton ami atterrit
dans une **FORÊT** avec toi.
Qu'avez-vous trouvé ici ?

Un arbre

Un papillon

Un pigeon

Un renard

Un écureuil
Ton ami dit :« On doit
continuer à chercher. »
Vers où avez-vous volé après ?
Dans un Palace Royal ?
Va à la page 22.
À un Bateau Pirate ? Page 20.
En Antarctique ? Page 24.

Es-tu prêt à finir ?
Pour les amis du Cheval Volant,
va à la page 28.
Pour les amis du Dragon,
va à la page 30.
Pour les amis de l'Aigle Royal,
va à la page 26.

17

Ton ami atterrit sur une **PLAGE** avec toi. Qu'avez-vous trouvé ici ?

Un dauphin

Une tortue

Un chien

Une étoile de mer

Un crabe

Ton ami dit :
« On doit continuer
à chercher. »

Vers où avez-vous
volé ensuite ?
En forêt ? Va à la page 16.
Dans un Palace Royal ?
Page 22.
En Antarctique ? Page 24.

Es-tu prêt à finir ?
Pour les amis du Cheval Volant,
va à la page 28.
Les amis du Dragon : page 30.
Les amis de
l'Aigle Royal : page 26.

Ton ami atterrit sur un
BATEAU PIRATE avec toi.
Qu'avez-vous trouvé ici ?

Une sirène

Un coffre au trésor
ouvert et fermé !

Des Pirates en
Posture du
Guerrier 2 !

Ton ami dit :
« On doit continuer à chercher. »

Vers où avez-vous volé ensuite ?
À la plage ? Va à la page 18.
Ou en Antarctique ? Page 24.
Ou en Forêt ? Page 16.

Es-tu prêt à finir ?

Ton ami s'envola vers un
PALACE ROYAL magnifique
avec toi.
Qu'avez-vous trouvé ici ?

Des danseurs

Un chiot coquin !

Des théières
(posture du triangle)

Ton ami dit :
« On doit continuer à chercher. »
Vers où avez-vous volé ensuite ?
En forêt ? Va à la page 16.
Ou à la plage ? Page 18.
Ou en Bateau Pirate ? Page 20.

Es-tu prêt à finir ?
Les amis du
Cheval Volant : Page 28.
Les amis du Dragon : Page 30.
Les amis de
l'Aigle Royal : Page 26.

Ton ami s'envola
vers l'**ANTARCTIQUE**
avec toi !
Qu'avez-vous
trouvé ici ?

Des pingouins
se dandinant

Des pingouins
faisant de la luge

Des phoques

Une baleine

Des flocons de neige

Ton ami dit :
« On doit continuer à chercher. »

Vers où avez-vous volé ?
Était-ce à la plage ?
Va à la page 18.
Ou en Bateau Pirate ?
Page 20.
Ou à un Palace Royal ? Page 22.

Es-tu prêt à finir ?
Pour les amis du Cheval Volant,
va à la page 28.
Les amis du Dragon : Page 30.
Les amis de l'Aigle Royal :
Page 26.

As-tu trouvé un nid en sécurité
pour que l'œuf en or de
ton ami puisse éclore?

« Que penses-tu d'ici ? »
demandas-tu.
« Cet endroit à l'air d'être
 en sécurité et personne
ne peut le voir. »
« Parfait ! » s'écria l'Aigle.
L'Aigle déposa l'œuf et
s'assit dessus pour le réchauffer.
« Il est en train d'éclore ! »
dit l'Aigle.

Recroqueville-toi en posture
de l'enfant comme l'œuf de l'Aigle.
Ensuite relève-toi et étire tes bras,
comme les ailes d'un bébé aigle
en train d'éclore.

L'Aigle se tenait debout
et vous regardiez l'œuf
pendant qu'un tout
petit bébé aigle sortit
son bec.

Il croassa.
« Salut, mon beau ! »
dit l'Aigle à son bébé.
Il se tourna vers toi.
« Je veux que tu choisisses
un nom pour lui.
Merci pour ton aide
pendant cette aventure ! »

Maintenant imagine que tu te rétrécisses aussi
petit que tu puisses te recroqueviller dans
le nid de l'Aigle, sous ses
plumes. Tu te sens
au chaud, confortable
et en sécurité.
Il y a peut-être du bruit
à l'extérieur du nid,
mais dedans,
tout est calme.
Allonge-toi
tranquillement
pendant
un petit moment.

FIN

As-tu trouvé le Poulain Volant ?
« Vite ! » s'écria le Cheval Volant.
« Utilise tes bras forts,
avant que mon bébé s'échappe ! »

Tu sautas en avant pour attraper
le Poulain et tu crias
« Je te tiens ! »

Accroupis-toi jusqu'au sol,
et puis saute haut
pour attraper le Poulain.

« Merci ! O, merci ! »
s'écria le Cheval Volant.

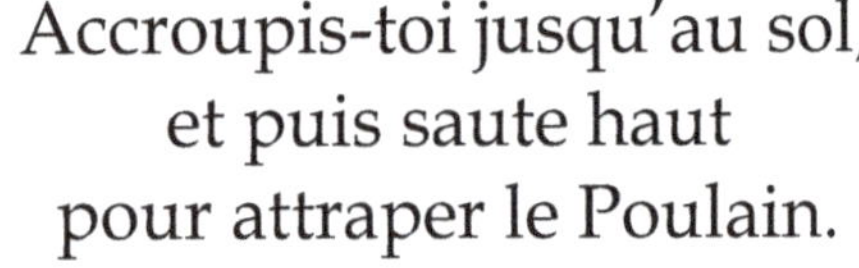

Le Poulain avait l'air désolé.
« Je m'inquiétais tellement ! »
réprimanda le
Cheval Volant.
« Mais je suis
tellement content
que tu sois
en sécurité ! »

« Je promets
de ne plus
m'échapper, »
dit le Poulain.
« Eh bien,
en tout cas, pas aujourd'hui. »

Imagine que tu câlines
le Cheval Volant
et son Poulain.
Leurs ailes te recouvrent,
et tu te sens en sécurité
et au chaud.
Tu peux les sentir
respirer lentement,
donc tu respires
lentement aussi.

FIN

As-tu trouvé beaucoup de trésors pour le Dragon ?
Le Dragon t'amena sur
une toute petite île
au milieu
d'un océan énorme.

« Nous avons collecté beaucoup
de trésors, et je pensais que cela
me rendrait heureux, »
dit le Dragon tristement.
« Mais en fin de compte,
ce n'est pas le cas. »

La journée fut longue.
Le soleil se couchait vers la mer,
et le ciel devenait rose teinté.
Étire tes bras en l'air
et fais le soleil couchant avec eux.
Pendant que le soleil se couchait,
il brillait sur la mer.

« Regarde ! » s'écria le Dragon.
« De l'or ! N'est-ce pas beau ? »
Ensemble vous avez
regardé le soleil se coucher,
jusqu'à ce qu'il fasse
sombre et que l'or disparaisse.
Le Dragon avait l'air triste.
« Ne t'inquiètes-pas, »
lui dis-tu.
« Cela se reproduira
demain aussi. »
« Vraiment ? » dit le Dragon.
« Et le jour d'après aussi ? »
« Le soleil se couche chaque soir, » répondis-tu.

« Alors j'ai trouvé mon trésor, » déclara le Dragon. « J'aurai de l'or chaque soir
avant d'aller me coucher. Merci de m'avoir aidé à le trouver. »

Imagine que tu es allongé
sur la plage de la toute petite île,
recroquevillé avec ton ami
le Dragon. Le soleil est en train
de se coucher et le ciel
est rose et violet.
Tu entends les vagues sur la plage
et tu sens le soleil chaud
sur ton visage. Tout est silencieux
sauf le bruit de la mer.

FIN

Le yoga est incroyable !

Il peut t'aider à te sentir bien dans ton corps et dans ta tête. Pourtant, le yoga ne consiste pas seulement à faire des postures de yoga. Voici d'autres exercices que tu pourrais essayer.

La Respiration

La respiration lente est un super pouvoir !
Lorsque nous ralentissons notre respiration,
cela peut nous aider à nous sentir calme.
Nous pouvons mieux nous concentrer sur notre
respiration lorsque nous nous asseyons bien droit.
Commence par te basculer d'un os fessier
à l'autre, et ensuite assied-toi bien
avec tes deux os fessiers par terre.
Imagine que ta tête est comme un ballon
flottant vers le haut.
Enfin, inspire lentement par le ventre.

La **Respiration Océanique** fait un bruit agréable
et relaxant, comme des vagues sur la plage.
Inspire par le nez et dis « Chhhh… »
quand tu expires doucement.
Continue de dire « Chhhh… » jusqu'à ce que
tu sois à bout de souffle.
Et puis inspire lentement encore par le nez.
Tu peux faire le bruit d'une mer orageuse,
aux vagues déferlantes, et ensuite recommencer
à faire le bruit des vagues calmes sur la plage.

Surfer sur le ventre peut t'aider
à te détendre en inspirant par le ventre.
Allonge-toi sur le dos et laisse
ton ventre monter et descendre pendant
que tu inspires et expires.
Imagine que ton ventre est une vague
qui monte et qui descend.
Peut-être tu peux t'imaginer en train de flotter sur
les vagues en suivant leurs mouvements
de haut en bas pendant que tu inspires et expires,
ou bien pose un jouet sur ton ventre
et laisse-le faire du surf.

La Respiration de l'Abeille est une respiration
bruyante et fredonnante !
Inspire par le nez, et lorsque tu expires,
fredonne le son « hmmm » jusqu'à ce que
tu sois à bout de souffle. Puis inspire par le nez
de nouveau et fredonne pendant que tu expires.
Le son produit est fantastique
dans une pièce où d'autres personnes font la même chose.

Imagine que tu souffles une **tête de pissenlit** !
Inspire par le nez,
et expire doucement par la bouche,
comme si tu soufflais sur une tête de pissenlit.
Tu souffles si doucement que seules
quelques graines flottent à la fois.

Affirmations Positives

Quand nous nous disons des choses gentilles,
nous nous sentons mieux.
Pourtant, souvent nous nous parlons méchamment,
ce qui n'est pas juste.
Est-ce que tu t'es déjà dit « Je suis tellement stupide »
ou « Je me trompe toujours » ou
« Je ne peux rien faire de bien » ?
Essayons plutôt de nous parler gentiment.
Les pages suivantes contiennent des
affirmations positives à découper et à regarder
tous les jours.

Namasté

Nous disons « Na Ma Sté »
à la fin de chaque classe de yoga.
Nous posons nos mains sur notre cœur
et nous nous inclinons en le disant.
C'est un mot d'un langage ancien de l'Inde
qui s'appelle le Sanskrit.
Cela veut dire que nous sommes tous
connectés car nous faisons tous partis
du même univers. Nous avons tous une lumière
intérieure et la lumière qui est en moi
reconnaît et salue la lumière qui est en toi.

Je suis
sans
crainte

Je
me
concentre

De Il Était Une Fois Où Tu... par Maria Oliver
www.boxmooryoga.co.uk

De Il Était Une Fois Où Tu... par Maria Oliver
www.boxmooryoga.co.uk

Je
suis
aimé(e)

Je
suis
en
paix

De *Il Était Une Fois Où Tu...* par Maria Oliver
www.boxmooryoga.co.uk

De *Il Était Une Fois Où Tu...* par Maria Oliver
www.boxmooryoga.co.uk

À PROPOS DE L'AUTEUR ET DE L'ILLUSTRATEUR

Maria est une professeure de yoga basée dans le Hertfordshire, Angleterre et elle est membre de la « British Wheel of Yoga ». Elle enseigne le yoga aux enfants, aux adultes, aux femmes enceintes et aux nouvelles mamans.

Maria a écrit des histoires et dessiné des images toute sa vie, mais c'est la première fois qu'elle a publié un livre qu'elle a écrit et illustré elle-même. Maria a une licence d'Anglais et de Français et ce livre est le premier qu'elle a traduit en Français.

Maria est mariée et mère de deux enfants et elle a deux chats.

Chercher « Boxmoor Yoga » sur les réseaux sociaux et YouTube !

www.boxmooryoga.co.uk

À PROPOS DE LA CO-TRADUCTRICE

Chrystèle Relf habite dans le Hertfordshire avec son mari, leur fils et leur chat.

Elle est originaire de Bretagne et habite l'Angleterre depuis plus de 25 ans.

Comme Maria qui est l'éditrice de ce livre en Français pour la première fois, Chrystèle est co-traductrice pour la première fois.